NOUVELLE THÉORIE

SUR LA

Formation des Dartres.

NOUVELLE THÉORIE

SUR LA

FORMATION DES DARTRES,

DES CAUSES QUI LES PRODUISENT,

ET

NOUVEAU TRAITEMENT CURATIF

PAR UN PANSEMENT JOURNALIER ET RAISONNÉ QUI PROVOQUE
LA SORTIE DU VICE DARTREUX;

PAR M. TH. DAUSSE, MÉDECIN.

PARIS,

CHEZ L'AUTEUR, RUE GRANGE-AUX-BELLES, Nº 4;

DAUSSE, PHARMACIEN, RUE DE LANCRY, Nº 10,

ET LES PRINCIPAUX LIBRAIRES.

1832.

Nouvelle Théorie

SUR

LA FORMATION DES DARTRES.

INTRODUCTION.

Lorsqu'un préjugé a pris racine dans les esprits, lorsqu'une erreur est consacrée par les temps, ils opposent souvent des obstacles presque invincibles aux progrès des sciences et quelquefois au bonheur de la société. Ceux qu'on a sur les dartres et les maladies de peau en général, affections si nombreuses de nos jours et si affligeantes, offrent un exemple de cette vérité.

Le caractère rebelle d'un grand nombre d'entre elles, l'insuffisance des moyens employés jusqu'ici pour les combattre et les guérir, le témoignage d'un grand nombre de médecins célèbres induits en erreur par l'opiniâtreté de ce mal, l'indocilité des malades, ont fait naître depuis long-temps l'opinion que plusieurs maladies de peau ne pourraient être guéries sans danger, et que plusieurs étaient même incurables.

Qu'en est-il résulté? Que les recherches sur la cause, la formation et le traitement de ce genre d'affections se sont ralenties ; qu'une foule de personnes atteintes de dartres, et sur qui tous les efforts de la médecine ont échoué, ne tentent plus de leur opposer une résistance qu'elles croient vaine, et ne voient aucun terme à leurs souffrances.

Convaincu qu'il ne peut y avoir de maladies en ce genre absolument incurables, que les causes de l'incurabilité ne peuvent être que relatives et individuelles, je me suis attaché à étudier l'essence et la cause première des dartres en général, et des autres affections morbides de la peau qui ont le plus d'affinité avec elles, afin d'établir pour leur guérison un traitement raisonné et méthodique.

Dans l'espace de dix ans et pendant mon long séjour à l'hospice où l'on traite spécialement ces maladies, continuellement au milieu d'un grand nombre de dartreux de toute espèce et de tout âge, je me suis convaincu, et c'est même l'opinion de presque tous les médecins, que les traitemens sans nombre opposés à ces maladies étaient loin d'atteindre le but qu'on se propose, c'est-à-dire de bien guérir et pour toujours, et qu'on n'avait eu jusqu'ici aucune méthode sûre et infaillible.

Le but de l'ouvrage que je livre au public est d'exposer en peu de mots les principes qui servent de base au traitement que j'oppose avec un succès constant à toutes les dartres et maladies de peau qui leur sont alliées, de quelque nature et gravité qu'elles soient. Mon ambition est d'être utile à mes semblables ; puisse cet exposé contribuer à détruire une erreur si opposée à la santé et au bonheur de la société, et souvent funeste dans ses résultats ! Puissent les personnes atteintes de ces affections être convaincues qu'il y a un moyen curatif radical, et toujours être sûres de se débarrasser d'un mal aussi incommode que dégradant par un moyen qui ne peut leur laisser après la cure aucune crainte pour l'avenir !

Le mode de pansement que j'emploie n'est pas dû au hasard, mais bien au raisonnement ; il est si à portée de toutes les intelligences qu'il peut être jugé par ceux même qui n'ont aucune connaissance en médecine.

Me faisant un devoir d'éclairer mon lecteur étranger à l'art de guérir sur la branche de la médecine que je traite spécialement, afin qu'il soit convaincu que la méthode que j'emploie atteint parfaitement le but que se propose la nature, dans la formation des dartres et des autres maladies de peau, je vais répondre à la question suivante:

QU'EST-CE QU'UNE DARTRE ?

§ I. Une dartre (*herpès*) maladie qui rampe, est le produit d'un émonctoire que la nature établit à la surface du corps, pour le débarasser d'un principe qui lui est nuisible, soit par sa trop grande abondance, soit par son action plus ou moins perturbatrice ou acrimonieuse. Ces sucs, ces fluides ou humeurs, comme on voudra les nommer, sont poussés du centre à la circonférence, charriés par les vaisseaux lymphatiques ou sanguins, etc. Plus ou moins fluides d'abord quand ils sont vers le centre, ils s'épaississent à mesure qu'ils s'en éloignent ou qu'ils arrivent à la surface, soit par le refroidissement qu'ils éprouvent ou l'évaporation des parties, susceptibles de se volatiliser qui les composent, soit par l'action de l'air et de la lumière qui les altèrent en les décomposant : de là engorgement de vaisseaux sous-cutanés qu'ils remplissent, tuméfaction, rougeur, inflammation, douleur prurigineuse, production de vésicules, de pustules, de papules, etc., de squammes, de croûtes, d'écailles, écoulement plus ou moins abondant d'une espèce de rosée pour certaines, de pus ou d'humeur plus ou moins abondans pour les autres, selon que l'éruption se fait avec plus ou moins de rapidité et sur une plus ou moins grande surface, ou qu'elle est dans sa période aiguë ou chronique.

Si je veux me rendre raison de la faculté qu'ont les dartres de ramper, il m'est facile d'en expliquer la cause. L'observation démontre que lorsque les vaisseaux que la nature a choisis d'abord pour charrier au dehors le principe qui contrarie ses fonctions se trouvent gorgés, obstrués pour ainsi dire par l'épaississement ou la solidification de ces humeurs, comme il arrive, ces sucs, cessant de couler, empêchent les couches inférieures encore fluides de suivre la même route ; mais l'effort expulsif que fait la nature, tant que la source de ces sucs n'est pas tarie, les force à s'engager et à suivre les vaisseaux voisins des premiers, qui ne peuvent plus faire leurs fonctions ; bientôt à leur tour ils éprouvent la même incapacité, et la substance qui constitue la dartre refoulée en tout sens et en divergeant s'étend de plus en plus et rampe sur tout le tégument, au point quelquefois de le recouvrir entièrement. (On verra plus loin que, par l'emploi de la méthode que je propose, on arrête facilement cette dissémination de la maladie, et qu'on la fait rester dans ses premières bornes ou on la guérit radicalement.)

Cette théorie explique très-bien la formation du plus grand nombre des maladies de peau, surtout du genre *herpes*, quand elles sont dues à une cause interne.

Je considère les autres comme des maladies purement locales et produites par le contact et l'action d'agens extérieurs sur la peau, dont les fonctions sont troublées momentanément.

Comme il est certain, par ce que je viens d'exposer, que la nature fait tous ses efforts pour se débarrasser d'un principe quelconque qui lui nuit, en cherchant par tous les moyens à l'expulser, le traitement qui aura pour but de favoriser la sortie de ces humeurs rentrera tout-à-fait dans ses vues. Tel est l'effet du pansement journalier que je pratique et dont j'expose la théorie d'action ; il a constamment répondu au résultat qu'il m'avait

faitespérer et que je prédisais, une guérison toujours vraie.

Tel a été mon point de départ; c'est en obser-
vant la nature que j'ai eu l'idée de traiter par
une méthode qui fît sortir les humeurs qui con-
stituent les dartres et les autres maladies de peau
qui leur ressemblent. Ce pansement est raisonné;
il change et modifie à volonté le mode d'inflammation de la partie malade, dégorge les vaisseaux sécréteurs, et attire toujours sur le même
point les fluides.

Pour parvenir à mon but, je n'ai pas reculé à
la vue des travaux sans nombre et des peines que
de pareilles recherches exigent nécessairement :
je n'ai point hésité à y sacrifier tout mon temps
et toutes mes forces. Le résultat que j'ai obtenu
est pour moi la plus douce récompense, parce
qu'il me met à même de guérir ceux de mes semblables qui sont en proie à la plus affreuse comme
à la plus dégoûtante maladie qui afflige l'espèce
humaine.

§ II. Le célèbre Lorry, médecin, qui a écrit
dans le dernier siècle, dit dans un passage de ses
ouvrages qui a rapport aux *dartres :* « Il faut dans
» le traitement de ces affections donner issue aux
» humeurs par toutes les voies possibles. » Comme
agens employés à l'intérieur pour atteindre ce but,
les purgatifs sont employés journellement : un
autre moyen de donner issue aux humeurs sont,
à l'extérieur, les vésicatoires et les cautères, les
sangsues, les saignées, les bains de vapeur; mais

ces moyens ne suffisent pas, ils ne font tout au plus qu'aider à la guérison, l'accélérer. Oui, ces moyens sont insuffisans, je parle ici d'après une longue expérience et mes nombreuses observations; ils sont insuffisans et souvent inutiles, et ce n'est que par un autre moyen plus direct qu'on en viendra à bout : c'est par un pansement fait directement sur la partie malade, qui change et modifie, selon le besoin, le mode d'inflammation, qui fluidifie les liquides épaissis, qui dégorge les vaisseaux et les tissus qui en sont pénétrés, que l'on obtiendra une guérison complète. Ce moyen est celui que je mets en pratique et qui est dû à mes recherches.

Loin de moi l'idée d'exclure les autres moyens qui peuvent être employés avec avantage pendant le traitement. Pour beaucoup de maladies de peau dont les causes sont bien connues, j'emploie, et tous les médecins qui adopteront mon mode de pansement emploieront, les médicamens internes connus jusqu'à présent par leur véritable efficacité à aider la cure. Exemple : pour les dartres syphilitiques, scrofuleuses, etc., ils surveilleront surtout le régime, et le modifieront selon les circonstances.

DES PRINCIPALES CAUSES DES DARTRES.

Elles varient à l'infini : ainsi l'intempérance, l'abus des liqueurs spiritueuses, l'usage trop fréquent des viandes salées, fumées, épicées, des alimens huileux, du fromage, etc., la suppression d'un écoulement habituel du lait chez les nourrices, les commotions sanguines, les violens chagrins, les dispositions héréditaires, etc., l'emploi des cosmétiques, la surabondance de la bile, les virus vénériens et scrofuleux, voilà en général les causes des dartres. Certaines cependant se produisent sans qu'on puisse leur assigner une cause certaine; d'autres peuvent être considérées comme des maladies purement locales, causées par l'action d'agens extérieurs qui troublent les fonctions de la peau. On en voit beaucoup paraître à la suite des maladies aiguës internes, telles que rhumatismes et autres inflammations : ces dartres de bon augure sont ordinairement la terminaison de ces maladies; mais, traitées par des répercussifs, elles redonnent naissance à la maladie préexistante, ou compromettent même la vie.

DÉNOMINATION DES PRINCIPALES MALADIES DE PEAU,

LEURS CARACTÈRES GÉNÉRAUX, LEUR SIÉGE DE PRÉDILECTION.

DES DARTRES PROPREMENT DITES, OU HERPES.

Je commencerai par les plus légères et celles qui se rencontrent le plus souvent dans la pratique.

1° *Dartre hépatique* (*Pannus hepaticus*). Porte quelquefois le nom d'éphélide; on la soupçonne

alors vénérienne, mais ce n'est pas prouvé. Sous
forme de taches cuivrées ou couleur de café au
lait, se trouve toujours sur les parties antérieures
de la poitrine, quelquefois gagne la partie pos-
térieure ; tantôt sous forme de petits points lenti-
culaires disséminés lorsqu'elle est dans son début;
d'autres fois présentant de larges surfaces et occupant presque en totalité le buste. Les causes principales sont une surabondance de bile, l'usage trop
fréquent d'alimens butireux, du fromage, la suppression d'un écoulement.

2° *Dartre furfuracée vulgaire*. Produite par la
réunion de petites papules qui sécrètent une matière qui donne naissance à des lamelles friables,
micacées, se détachant avec la plus grande facilité si on les gratte, et produisant une abondante
poussière ressemblant à la folle farine. Elle vient
quelquefois isolément sur la lèvre, sur les sour-
cils, sur les bras, mais souvent aussi elle recouvre presque tout le corps et le cuir chevelu même.

3° *Dartre squammeuse humide*. Se plaît derrière
les oreilles, aux plis du cou, des bras, des jambes, sous les aisselles, aux parties génitales ; j'en
ai vu occupant toute la surface du derme. Quand
elle est dans toute son intensité, elle laisse suinter
une abondante sérosité sous forme de rosée, suf-
fisante pour imbiber une grande épaisseur de
linge. Quelques jours après il se forme de larges
écailles minces, semi-transparentes, qu'on peut
enlever avec la plus grande facilité, et qui quelquefois tombent d'elles-mêmes lorsque le suinte-
ment devient de plus en plus rare. J'en ai vu quel-

quefois de si abondantes dans le lit du malade, qu'elles pouvaient fournir, en les réunissant, plus de quatre onces en poids. Ces dartres traitées par des répercussifs, si elles disparaissent, peuvent causer de graves accidens et même la mort. Elles sont plus fréquentes chez les femmes que chez les hommes.

4° *Dartre squammeuse likénoïde.* Cette variété s'attache particulièrement aux coudes, au genou et sur toutes les autres parties du corps sèches et articulées; elle est toujours sèche, dure, d'une couleur blanche nacrée, formée d'écailles lamelleuses, aplaties, lisses, dures au toucher; présente une légère élévation sur la peau, quelquefois enflammée à sa base, et toujours sillonnée en tous sens par des scissures; ce n'est qu'avec peine, quand on la gratte, qu'on en détache les squammes. Elle se trouve souvent chez des sujets robustes.

5° *Dartre furfuracée arrondie,* improprement *lèpre vulgaire.* Elle paraît sur toutes les parties du corps, sous forme de cercles ou anneaux qui, en s'étendant, se réunissent entre eux, offrant, pour ainsi dire, l'aspect de dessins analogues à ceux d'une écaille de tortue géométrique. Sa base est enflammée; sa surface, grattée, laisse tomber des furfures, forme une légère élévation sur la peau, mais ne l'altère pas comme la véritable lèpre. Elle se trouve sur des sujets robustes.

6° *Dartre mellitagre.* C'est le produit d'une éruption cutanée qui se fait par de petites pustules qui laissent transsuder un liquide visqueux qui se concrète immédiatement à l'air, et forme tou-

jours des croûtes très-épaisses , d'une couleur
jaune de miel. Son siége principal est sur les joues,
le dos de la main , quelquefois les bras , etc. Les
personnes exposées à une forte chaleur par état
y sont très-sujettes : exemple : les pâtissiers , les
boulangers , les cuisiniers , les moissonneurs , etc.

DES DARTRES SYPHILITIQUES.

Plusieurs d'entre elles présentent des caractères
rongeans ; elles se présentent tantôt par de grosses pustules , tantôt par la production de croûtes
énormes , noirâtres , implantées sur une base violacée , qui laissent même après leur guérison des
cicatrices blanches. Elles peuvent occuper toutes
les parties du corps , offrir une grande variété de
formes et d'aspect, mais accompagnées presque
toujours du cachet syphilitique (ou couleur cui-
vreuse). Il est essentiel , dans le traitement de ces
dartres , de combiner les pommades n° 1 et n° 2
que j'emploie avec quelques préparations mercurielles.

DARTRES SCROFULEUSES OU D'HUMEURS FROIDES.

Elles ont plus d'un point de contact ou de res-
semblance avec les précédentes. Il est certain qu'elles sont dues pour la plupart à une dégénérescence
de la maladie syphilitique des parens ou grands-
parens des enfans ou sujets qui en sont atteints.
Les deux principales sont :

1° *L'estiomen*, dartre de la face, éminemment
rougeâtre, attaquant presque toujours à son début

les ailes du nez , gagnant ensuite toute cette partie de la face , s'étendant avec le temps sur toute l'étendue du visage , et dévorant plus ou moins profondément toutes les parties molles et cartilagineuses , mais respectant les os , ce qui la distingue du carcinus ou cancer de la face. Produit de grosses croûtes noirâtres. C'est une de celles qui sont considérées comme presque incurables. Traitée dans son début par mon pansement , je l'ai guérie constamment dans quelques mois ; plus ancienne , j'en ai arrêté les progrès et l'ai guérie. Mais il a fallu plus de temps.

Outre le traitement externe , on doit employer intérieurement ce que la matière médicale possède de tonique. Ainsi les préparations de quinquina , de gentiane , de houblon et du bon vin , viandes rôties , un air pur , etc. , etc.

2° *Dartre scrofuleuse centrifuge.* Forme de grosses croûtes , et parcourt toutes les parties du corps en partant de son point primitif , décrivant des cercles qui s'élargissent de plus en plus en s'étendant ; la partie intérieure du cercle qu'elle abandonne présente des cicatrices blanchâtres sur une base qui conserve une couleur violacée ; on la trouve aux cuisses , aux jambes , aux bras , sur les principaux muscles.

Le plus souvent , les personnes qui sont atteintes de ces dartres portent des ganglions lymphatiques engorgés et quelquefois même ulcérés , ou du moins présentent quelques-uns des symptômes du type scrophuleux.

DARTRES TEIGNEUSES.

On les divise en *teigne* proprement dite, en *porrigo*, *achor* et *favus*; toutes ces maladies ont pour siége le cuir chevelu.

1° La teigne se divise en teigne *furfuracée*, *amiantacée*, *tonsoriasée*, etc. La plupart du temps elles exhalent une odeur d'urine de souris ou de chat.

2° Le *porrigo* se divise en *granulé* et en *sordide*; son odeur est celle du fromage pourri ou du vieux lard rance.

3° L'*achor* de deux sortes, le *muciflueux* et le *lactumineux*; quelquefois son odeur se rapproche du lait aigri, mais d'autres fois on n'en distingue aucune (maladie des enfans).

4° Le favus se divise en *urcéolé* ou en *godet* et en *squareux* ou *rugueux*.

Le premier a une couleur jaune fauve, la couleur du second est noirâtre. Les favus affectent quelquefois les bras, les jambes et autres parties du corps. Toutes ces maladies sont accompagnées d'une foule de poux qui y trouvent leur pâture. Les enfans y sont le plus sujets. Les principales causes sont la malpropreté, un mauvais air, la mauvaise nourriture, une surabondance d'humeurs, etc. etc.

DES VARUS.

Je ne décrirai que les quatre principaux, savoir: le varus *couperosé*, *mentagre*, *sébacé* et *miliaire*.

2

1° *Du varus couperosé*. Il occupe toujours la face, quelquefois partiellement, d'autres fois en totalité. Le plus souvent ce sont les pommettes des joues, le pourtour du nez, et le menton qui en sont atteints. Il consiste dans un assemblage de petites pustules acuminées, plus ou moins developpées, qui finissent par devenir purulentes, environnées d'une aréole de couleur rouge violacée. Il est plus commun chez les femmes que chez les hommes.

2° *Varus mentagra*. Grosses pustules disséminées ou groupées sur le menton et les autres parties de la face où pousse le poil. Ce varus est particulier à l'homme. Quand ces pustules abcèdent, elles rendent un pus qui produit de grosses croûtes, et comme leur présence empêche qu'on se serve du rasoir, elles forment, en s'entremêlant avec les poils qui croissent, un tout si dégoûtant, que celui qui en est atteint offre un aspect hideux. Il apparaît le plus souvent sur la lèvre supérieure, près de la cloison du nez ; l'inflammation qui l'accompagne se propage dans les fosses nasales et provoque de continuels corizas (ou rhumes de cerveau) ; la lèvre s'épaissit, ensuite il la recouvre tout-à-fait, et finit par envahir toute la barbe. Ses causes principales sont l'abus des liqueurs spiritueuses, mais surtout une barbe forte et l'emploi d'un rasoir mal affilé ou malpropre. J'ai soupçonné quelquefois le virus syphilitique pour certains sujets.

3° *Varus sébacé ou vermiculaire*. Presque tou-

jours sur le nez, quelquefois sur ses parties laté-
rales et les pommettes des joues, le front, le
menton; je n'en ai jamais trouvé occupant toute
la face. Il se présente sous forme de petits points
noirs très - rapprochés, quelquefois confondus,
comme implantés dans le tissu du derme, ressemblant à des grains de poudre à fusil. Si avec les
ongles des deux pouces on comprime une partie
de la peau qui en est atteinte, il en sort une matière filiforme comme un petit ver blanc à tête
noire, qui s'écrase sous les doigts, d'une nature
de suif. On l'avait aussi nommé *varus comedo*
(qui mange); mais ce nom ne lui convient pas;
on sait très-bien que ce ne sont pas des vers.

4° *Varus miliaris*. Sous la forme de petites pustules semblables à des grains de millet, sans être
accompagnés d'inflammation; principalement sur
le front des jeunes filles et des jeunes garçons dans
l'âge de puberté. Il y a d'autres variétés de varus,
tel que le *varus disseminatus* qui, outre la face,
occupe le devant de la poitrine et les épaules.
Chez les jeunes gens robustes et sanguins leur couleur est violacée, leur forme aplatie et allongée.
La plupart des varus doivent leur existence à un
état inflammatoire du bulbe des poils ou des folli-
cules sébacées, produit par les causes suivantes:
soit un tempérament sanguin, par l'âge de puberté, l'âge critique chez les femmes, les excès de
table, la suppression des règles, des hémorrhoï-
des, les passions vives, l'usage de certains cosmétiques, etc.

DES PRURIGO.

Maladies papuleuses, ou petits boutons sous-cutanés, presque toujours disséminés sur presque toutes les parties du corps, mais principalement sur le cou, la région lombaire, les bras, les cuisses, les jambes et le ventre, causant des démangeaisons presque continuelles, surtout quand on est au lit; si on les gratte et qu'on les déchire, ils rendent du sang, plus tard un liquide limpide séreux, et s'entourent d'une aréole rouge. Cette maladie n'est pas contagieuse comme la gale, à laquelle elle ressemble beaucoup. Les principales variétés sont le *prurigo furfurans*, le *prurigo formicans*, le *prurigo pédiculaire*, ou qui produit des poux, et le *prurigo congénial*, ou de naissance. J'ai traité et guéri une famille entière de marchands d'habits ambulans atteinte de cette dernière variété. Les enfans et les jeunes gens sont ordinairement sujets au *furfurans* et au congénial; les deux autres atteignent principalement les vieillards. Les causes sont les mêmes que pour les autres maladies de peau.

Je n'ai fait que donner ici une rapide énumération et description des principales maladies de peau qui affligent le plus souvent l'espèce humaine; je me suis principalement appliqué à leur opposer un traitement qui favorise l'action que la nature se propose dans la production des dartres, de se débarrasser d'un principe qui lui nuit. Les analyses les plus exactes des matières qu'on a re-

cueillies sur les dartres n'ont démontré que la
présence d'albumine, de gélatine, d'une matière
grasse, de l'eau et quelques traces de sel ou d'a
cide acétique, dans des proportions qui variaient
selon l'espèce analysée, substances qui se trouvent
composer en totalité ou en partie les humeurs ou
fluides vivans.

APERÇU DU MODE DE PANSEMENT QUE J'EMPLOIE POUR
LA CURE DE TOUTES LES MALADIES DE PEAU, DE NA-
TURE DARTREUSE.

Mon traitement consiste à panser chaque vingt-
quatre heures le mal sur son siége même, sans tou-
tefois négliger les médicamens internes qui sont
jugés nécessaires. Dès la première friction et appli-
cation de la pommade n° 1, je change le mode d'inflammation, je la provoque si elle n'existe plus, la
diminue si elle est trop forte, et cela à volonté et
selon que j'emploie ou le n° 1 ou le n° 2 de mes
pommades, ou les deux ensemble. De là abondant
écoulement de sérosités ou humeurs quelconques,
dégorgement des tissus cutanés et sous-cutanés;
bientôt les sucs deviennent plus rares; peu à peu
les démangeaisons cessent, au fur et à mesure que
l'on avance dans le traitement; la partie affectée
n'a plus le même aspect, à la rougeur vive suc-
cède une rougeur pâle, et bientôt une couleur
rosée; un peu plus tard la peau est revenue dans
son état naturel, souple au lieu d'être tendue,
douce au toucher au lieu d'être rugueuse, et ne
laisse aucune trace de son effet, à moins qu'il n'y

ait eu ulcère ou dartre rongeante, qui sont seuls causes des traces qui restent.

L'action d'un pareil pansement frappe assez les sens; on ne peut pas dire qu'il y a répercussion, que l'on fait rentrer le mal, tout s'y oppose : sérosités qui s'écoulent, pus qui sort, phlyctènes pustules, papules dégorgées, tout est là, dis-je, pour démontrer que ce procédé fait sortir. Plus tard on aperçoit, par l'emploi de la pommade n° 2, ces sucs se concréter, se solidifier à la surface de l'épiderme, y former des squammes ou des croûtes lisses semi-transparentes. On les enlève à chaque pansement, soigneusement, au moyen d'un grattoir, car elles se détachent avec la plus grande facilité et presque sans douleur, pour réitérer, sur la partie qu'elles recouvraient, de nouvelles frictions ou applications, en suivant toujours et jusqu'à parfaite guérison l'ordonnance que je fais pour chaque dartre et qui dirige le malade dans le traitement. Ces squammes deviennent de plus en plus rares, peu consistans; bientôt rien n'apparaît plus, les démangeaisons ont totalement cessé, tout le mal est sorti; et les pommades n'ont plus d'action.

Je n'ai donné ici qu'une idée générale de mon mode de pansement. Une ordonnance que je délivre à chaque malade, et appropriée à l'espèce de dartre dont il est atteint, explique clairement la manière de se panser.

Ma méthode peut varier, non quant au fonds, mais quant à la manière d'employer les deux pom-

mades, qui ne sauraient aller l'une sans l'autre.
Cette méthode, dis-je, opère la cure radicale de.
toutes les dartres, lors même que ces maladies ont
causé des ravages considérables. Elle réussit aussi
bien chez l'enfant en bas âge que chez le vieillard,
en toute saison : en hiver comme en été les succès
sont à peu près les mêmes.

CURES OPÉRÉES.

Je ne puis, dans ce simple exposé, rapporter
toutes les cures que j'ai faites, pour deux motifs :
l'un parce que cela serait trop long pour les bornes
que je me suis proposées dans cet ouvrage ; l'autre,
et le plus puissant, par la répugnance qu'ont la
plupart des personnes guéries de voir leur nom
cité dans un écrit de ce genre. J'en rapporte néan-
moins de fort curieuses, et de celles qui, par leur
ancienneté d'existence, passaient pour être incurables : sans être indiscret, je citerai quelques
noms, y étant autorisé. On verra que je n'ai pas
choisi le temps pour opérer ces cures.

1re *Observation.* M. Bougeat, rue Saint-Paul,
n. 22, fabricant de meubles, âgé de 43 ans, an-
cien militaire, portait aux deux jambes une dartre
squameuse humide qui les recouvrait entièrement, compliquée d'ulcères profonds : depuis seize
ans, ayant employé en vain tous les médicamens
qu'on lui prescrivait, soumis à mon traitement,
je le délivrai de ses dartres et de ses ulcères en
deux mois et demi de temps. Quand il se présenta

à moi pour la première fois, les mollets étaient
tuméfiés d'une manière prodigieuse, toutes les autres parties des jambes étaient rouges, luisantes,
douloureuses, et éprouvaient des démangeaisons
intolérables ; il s'écoulait beaucoup de sérosités de
toute leur surface. Cette cure fut faite pendant
l'hiver de 1831.

2e *Observation*. M. Martin, fabricant d'ébénis-
terie en grand, rue Neuve-Saint-Jean, n. 11, faubourg Saint-Denis, portait depuis douze ans une
dartre squameuse à chaque jambe, compliquée
d'ulcères profonds. Ses nombreux travaux l'obli-
geaient à être continuellement debout ou en
course, ce qui enflammait si fort ses jambes qu'on
peut dire qu'elles se trouvaient continuellement
dans un état d'inflammation aiguë ; leur aspect
était affreux, rouge, violacé, les démangeaisons
atroces ; il s'en écoulait un liquide abondant mêlé
de pus ichoreux. Tel était l'état où il se trouvait
au mois de novembre 1831 ; il avait la plus grande
peine pour marcher, ne pouvait faire un pas sans
une canne. Jusqu'à cette époque il avait suivi les
traitemens que lui avaient prescrits les meilleurs
médecins, qu'il avait successivement consultés
sans avoir pu obtenir guérison. En quatre mois de
temps, par mon traitement journalier, je l'ai guéri
de ses dartres et ulcères. Sa guérison est des plus
complètes, à peine si on aperçoit les cicatrices
des ulcères ; la peau, qui était malade depuis les
doigts des pieds jusqu'aux genoux, est dans son

état naturel. Ce monsieur se livre à ses nombreux travaux avec la plus grande aisance et comme si ses jambes n'avaient jamais été malades. Je lui conseillai de porter des bas lacés pour empêcher le retour des ulcères.

3e *Observation*. Mademoiselle Lechalard (Joséphine), de Leuddes, département de la Sarthe, âgée de 18 ans, d'un tempérament scrophuleux, portait depuis plusieurs années une dartre rongeante ou estiomen, qui, d'abord occupant le nez, s'était propagée sur les joues, produisant de grosses croûtes et des ulcères profonds. Traitée sans nul succès dans son pays, elle entra, d'après l'avis de son médecin, à l'hospice Saint-Louis, où elle resta quinze mois sans nul soulagement; sortie dans un état désespérant, après avoir subi plusieurs fois une cautérisation douloureuse, elle vint me consulter et se soumit à mon traitement. Quatre mois de temps m'ont suffi pour la guérir parfaitement: tous les ulcères furent cicatrisés. Je l'ai présentée, avant et après la cure, à plusieurs docteurs de ma connaissance qui furent étonnés d'un si beau résultat.

4e *Observation*. M. P...., rentier, boulevard Saint-Martin, âgé de 50 ans, portait depuis huit ans environ une dartre likénoïde sur le dos de la main droite. Eaux sulfureuses, cataplasmes émolliens, pommades soufrées, etc., tout avait été employé sans succès; ayant entendu parler de ma manière de traiter ces maladies, il vint se confier à mes soins. Soixante pansemens faits par moi-même l'ont guéri radicalement, au point de ne pouvoir découvrir laquelle des deux mains a été si long-temps malade.

5ᵉ *Observation*. Madame Pl..., faubourg Saint-Denis, âgée de 36 ans, portait aux deux oreilles une dartre squameuse humide. Les oreilles étaient tuméfiées prodigieusement, la peau rouge et luisante; l'épiderme, en se déchirant, laissait transsuder une rosée abondante donnant naissance à des croûtes ou écailles qui se renouvelaient sans cesse. Elle éprouvait des démangeaisons si vives qu'elle se déchirait avec les ongles en cherchant à les calmer en se grattant. Cette dartre, qui avait gagné une partie de la tête et du cou, a été guérie en trois mois. Je l'ai pansée moi-même. Depuis deux ans elle n'a plus vu rien reparaître.

6ᵉ *Observation*. Mᵐᵉ ***, rue du Temple, n. 57, atteinte également d'une dartre semblable, qui de plus, en gagnant le conduit des oreilles, avait déterminé la surdité complète, après avoir passé onze mois à l'hospice Saint-Louis, en sortit sans avoir été guérie. Elle vint me trouver, et se soumit à mon traitement, qui en deux mois et demi la guérit de sa dartre et de sa surdité.

7ᵉ *Observation*. Une jeune personne de Givet, fille d'un receveur de contributions, âgée de 18 ans, portait depuis plusieurs années sur la figure un varus couperosé et miliaire. La lettre que monsieur son père m'écrivit pour me consulter porte que sa figure avait l'aspect d'une râpe quand on y promenait la main. Fatigué de voir que les tisanes de douce-amère, de chicorée, et autres moyens conseillés par son médecin ne réussissaient pas, il fit usage de mes pommades, suivit exactement mon ordonnance, pansa lui-même sa demoiselle. Un mois après je reçus une de ses lettres, qui me marquait qu'en vingt-sept pansemens la maladie de sa fille avait entièrement été guérie. Il ne savait, disait-il, quelles expressions employer pour me témoigner sa reconnaissance.

8e *Observation.* Mme D...., rentière, Chaussée-d'Antin, ayant eu plusieurs enfans qu'elle avait allaités elle-même, portait sur presque toute la face un *varus couperosé* depuis plus de douze ans. Sur une peau blanche et fine apparaissait une foule de grosses pustules rouges autour ; sa figure était tuméfiée et comme si elle était recouverte d'un masque. Elle avait employé en vain les pommades de concombre à la crème, les eaux de Barége, la cautérisation avec la pierre infernale, etc. Elle avait au contraire vu sa maladie s'exaspérer par ces moyens. En un mois et demi je l'ai délivrée de toute son affection.

9e *Observation.* M. D...., propriétaire, rue du Faubourg-du-Temple, n. 105, à la suite d'une vive émotion, vit paraître sur le dos de la main droite une *mellitagre*, qui en quelques jours la recouvrit entièrement, tant elle faisait des progrès rapides. Il employa d'abord des lotions avec l'eau de guimauve, de têtes de pavots, les cataplasmes de fécule, etc. ; mais, voyant son mal persévérer, il vint se confier à mes soins. En vingt-deux pansemens la maladie a été guérie sans laisser aucune trace.

10ᵉ *Observation*. Mademoiselle Fanie, rue de Nazareth, âgée de 19 ans, portait sur ses deux mains deux dartres likénoïdes. La cautérisation employée par un des meilleurs praticiens de Paris l'avait guérie, mais en lui laissant une horrible cicatrice. Bientôt l'affection dartreuse apparaît au pourtour de la bouche, sur les lèvres qui se gercent, deviennent rouges, douloureuses, et éprouvent une démangeaison continuelle. Ne pouvant guérir par les moyens qu'on lui avait indiqués, elle me fut adressée par le docteur Mairet, qu'elle avait été consulter, et qui avait connaissance de l'efficacité de mon procédé. Vingt-quatre pansemens m'ont suffi pour la guérir parfaitement. Aucune trace n'existe sur le siége du mal.

11ᵉ *Observation*. M. Joseph de Luzarche, âgé de dix-neuf ans, portait depuis son bas âge une dartre furfuracée sur presque tout le corps; mais principalement sur le ventre, la poitrine, les bras et la figure. S'étant rendu à Paris pour subir mon traitement, il est reparti au bout de deux mois parfaitement guéri. Je lui établis en partant un vésicatoire, qui était indispensable pour prévenir le retour de l'affection traitée en été 1831.

12e *Observation*. Mademoiselle Pannier (Cécile), maîtresse couturière en robes, âgée de trente-deux ans, fut atteinte à l'âge de vingt-sept ans d'un varus couperosé qui occupait les deux joues et le menton, à la suite d'une maladie inflammatoire qu'elle venait d'avoir. Pendant cinq ans consécutifs elle a employé tous les médicamens, tant internes qu'externes, sans pouvoir se guérir. Dans le mois de février de l'année 1832, elle vint me consulter et se soumit à mon traitement ; en trente jours, je l'ai délivrée de son varus. Elle attendait ce moment avec impatience pour se marier.

13e *Observation*. M........, employé à la grande poste, d'un sang dartreux, chargé principalement de ficeler les paquets volumineux de journaux et lettres, fut atteint à la paume des deux mains, mais surtout de la main droite, d'une dartre likénoïde, qui donnait à l'épiderme un aspect de parchemin. Cet épiderme, épais, rude au toucher, déchiré en lambeaux, laissait à nu la peau, qui fortement enflammée et douloureuse, mettait le malade dans l'impossibilité de faire son ouvrage. Pendant plusieurs mois, il avait employé des maniluves émolliens, des lotions d'eau de Barége, des pommades de calomel, etc., etc. Ce malade me fut adressé par son médecin. Je lui prescrivis la manière d'employer les deux pom-

mades que j'emploie dans mon traitement; il se
pansa lui-même, et, vingt-cinq ou trente jours
après, il fut totalement guéri. Plusieurs médecins, que je pourrais citer au besoin, ont été té-
moins de la rapidité de cette cure.

14ᵉ *Observation.* MM. David frères, rue de
la Sourdière, n. 7, atteints dès leur enfance
d'un prurigo congénial, et ayant employé jusqu'à
l'âge de vingt-quatre ou vingt-cinq ans tout ce
qu'on leur prescrivait pour le combattre, sans
avoir obtenu le plus faible soulagement, vinrent
au mois de janvier 1831 se soumettre à mon pansement; tous les boutons ont abouti, et ils ont vu
disparaître leurs démangeaisons avec leur maladie.

15ᵉ *Observation.* J'ai donné mes soins à une
foule d'enfans atteints des différentes teignes ;
les plus rebelles n'ont pas exigé plus de deux mois
de pansement pour être entièrement guéries. Les
premiers pansemens font couler la tête abondam-
ment. Personne jusqu'ici n'avait traité comme moi
cette maladie par une semblable méthode. Celle
mise en pratique encore aujourd'hui consiste à
arracher les cheveux un à un, et à taner pour
ainsi dire le cuir chevelu; ce qui laisse pendant
long-temps la tête privée de cheveux, et par con-
séquent désagréable à voir; d'ailleurs, il exige
quelquefois six ou huit mois; tandis que mon procédé, qui abrége beaucoup le traitement, ne fait

pas tomber un cheveu et ne laisse aucune crainte pour la santé de l'enfant, après la guérison.

Je ne terminerai pas cet exposé sans dire que jusqu'ici il n'avait pas existé de pansement rationel pour traiter les maladies de peau; que presque tous les médecins, suivant les traces de leurs devanciers, emploient pour combattre les dartres, des médicamens qui tous ont plus ou moins la propriété de répercuter ou de faire rentrer. Au nombre de ces préparations, je citerai les suivantes : l'extrait de Saturne, l'eau de Goulard ou végéto - minérale, et toutes les préparations de plomb; les pommades avec le soufre, les préparations mercurielles au sublimé, au calomel; les préparations iodurées, les lotions avec l'eau de Barège, avec les solutions alcalines, les sels antimoniaux, etc., etc. J'ai suivi et surveillé les traitemens et les cures que l'on prétendait faire avec ces moyens; je puis dire que j'en ai peu vu qui satisfissent les malades et les médecins eux-mêmes; elles étaient imparfaites, et quelques mois après la maladie reparaissait au même endroit ou ailleurs avec autant et quelquefois plus d'intensité.

Je suis sûr et puis affirmer que bien peu de maladies de peau résisteront à mon mode de pansement. Sur plusieurs centaines de dartreux que j'ai eus à soigner, j'ai eu peu de rechutes, encore cela était-il dû à la négligence des malades à suivre le régime que je leur avais prescrit; mais aussi ils recouvraient une guérison plus prompte en se soumettant de nouveau au pansement.

Je sais qu'il y a des personnes qui ont un sang éminemment dartreux ; mes avis les guident dans ce qu'ils ont à faire pour prévenir le retour de l'affection.

Je fais délivrer les médicamens qui font la base de mon traitement aux personnes qui veulent se soigner elles-mêmes. Ils sont préparés par mon frère, pharmacien, qui m'a aidé beaucoup dans mes recherches, et qui depuis huit ans au moins a étudié et observé avec soin toutes les maladies de la peau à l'hospice Saint-Louis.

J'ai une salle de pansement publique et un cabinet de consultation ; j'ai aussi à ma disposition une maison de santé, où peuvent habiter les personnes de province qui désirent être pansées par moi-même.

Je ne terminerai pas cet exposé sans faire observer que plusieurs maladies de peau, telles que les varus, les prurigos, etc., qui jusqu'ici avaient résisté presqu'à tous les traitemens, sont du nombre de celles que je guéris le plus facilement et le plus promptement.

ÉVERAT , Imprimeur, rue du Cadran, n° 16.